GARBETO DE FABLO

PAR Augustin BOUDIN

AVEC UNE PRÉFACE

DE M. Patrice ROLLET

ancien rédacteur de la *Revue des Deux-Mondes.*

PRIX : 50 CENTIMES.

*Se vend au profit de la Société de Saint-François-Xavier, fondée
à Avignon par M. l'abbé Terris, vicaire de St-Agricol, en
faveur et pour l'instruction de la classe ouvrière.*

AVIGNON,
IMPRIMERIE DE BONNET FILS.
1853.

GARBETO DE FABLO,

par

Augustin BOUDIN,

AVEC UNE PRÉFACE

DE M. Patrice ROLLET,

ancien rédacteur de la Revue des Deux-Mondes.

PRIX : 50 Centimes.

Se vend au profit de la Société de Saint-François-Xavier, fondée à Avignon par M. l'abbé
Terris, vicaire de St-Agricol, en faveur et pour l'instruction de la classe ouvrière.

AVIGNON,
IMPRIMERIE DE BONNET FILS, RUE BOUQUERIE, 7.
1853.

PRÉFACE.

C'était (il y a longtemps de cela), en mai 1844 que je liai connaissance avec M. Augustin Boudin, l'auteur de la charmante petite *Gerbe de Fables* offerte aujourd'hui à la Société de Saint-François-Xavier, création du digne abbé Terris. Nous sortions du Collége de France. Un ami commun, M. Tamisier, professeur de l'Université, nous présenta l'un à l'autre. Commencée dans la rue, notre liaison se resserra bientôt. Le goût des lettres, de fréquentes rencontres chez M. Augustin Thierry, le célèbre historien, une cohabitation suivie de plusieurs mois à St-Germain-en-Laye, tout concourut d'abord à nous unir étroitement. Je me souviens encore, non sans un sentiment de regret mélancolique, de nos longues promenades dans les vertes allées du parc de la princesse Belgiojoso, au bord de la Seine, ou sous les grands arbres de la forêt de St-Germain. Notre jeunesse chantait alors ses hymnes les plus doux; l'espérance montait sans cesse de notre cœur sur nos lèvres pour y réjouir nos discours. Dans la pa\ d'heureuses années, dans l'ignorance des amertumes et des obstacles de la vie active, nous rêvions haut et loin, embrassant nos songes avec une naïveté d'enthousiasme qui nous fait sourire aujourd'hui ! Naïve confiance dont il ne faudrait pas se moquer et médire au surplus. Sans elle, nulle œuvre, grande ou petite, ne serait tentée; sans elle, comme la fleur qu'aucun rayon ne visite, l'esprit infécond resterait éternellement replié sur lui-même.

La chose paraîtra peut-être singulière à quelques-uns, à Paris s'éveilla la muse provençale de M. Boudin. A quelle occasion? Parti un jour pour visiter la basilique de Saint-Denis, notre ami s'y trouve juste au moment de l'office et voit passer devant lui la file des chanoines. Un d'eux, doublement décoré de la croix d'honneur et de la croix du Christ, attire particulièrement ses regards. Circonstance merveilleuse ! dans le noble chanoine de Saint-Denis, M. Boudin, perçant le voile des années, a reconnu un ancien capitaine de hussards qui, devenu ensuite abbé, fut son catéchiste à Avignon. Là-dessus son imagination s'enflamme de ses souvenirs. Bonbons, reliques, saintes images, cadeaux du catéchiste aimé, promenades avec lui à travers la ville d'une église à l'autre et à l'abri de son manteau, l'hiver, il se rappelle et se représente tout, tout jusqu'au bonnet carré de l'abbé dont il se coiffait si fièrement et qui lui donnait de si grands rêves. En un mot, comme il le dira bientôt en un langage attendri : « *De joie de retrouver son béni catéchiste, il redevient enfant.** »

. . . .

* De joi de retrouva soun béni catéchisto,
    N'en redeven enfan !
            Epitro à l'abè Sauvèro.

La mémoire du cœur a fait M. Boudin poète. Il suivra dans cette voie choisie, et les meilleurs sentiments de l'ame, l'admiration, l'amitié, la compassion, l'amour du bien et de la vérité, tour-à-tour inspireront ses chants. Ce sera même là, le talent mis à part, le cachet particulier dont il marquera ses œuvres et leur plus belle gloire. La sympathie profonde pour les douleurs d'un aveugle illustre dicte l'épître à Augustin Thierry. Dans les épîtres au naturaliste avignonais, Réquien, à Mme Louise Colet, à Castil-Blaze, au peintre Delaroche, respire une affection où le mérite a sa part autant que la personne. Les amis ne seront point oubliés, Lacroix, Bigand, Laplanche, Chautard, Ch. Geoffroy, etc. Poème composé en l'honneur d'une de nos plus charmantes célébrités comtadines, *lou Soupa de Saboly* fut en même temps une bonne œuvre: d'avance le prix en était destiné à la Société des Secours mutuels du 4e bataillon de la garde nationale d'Avignon, fondée par le docteur Yvaren.

Près de Carpentras, au fond d'une vallée sauvage, coule une fontaine miraculeuse. On raconte que St-Gens, un fervent anachorète qui s'était retiré dans ce lieu, la fit jaillir du rocher afin de désaltérer sa mère, venue pour le visiter. Fille du saint, la fontaine en a gardé comme une vertu : elle guérit les fièvres, et tous les ans les populations s'empressent de toutes parts vers elle, soit pour y puiser la santé, soit pour y fêter St-Gens. Mais le chemin qui mène au lieu du pélerinage était détestable. Étroit, on s'y heurtait à tout instant contre des pierres. M. le curé du Beausset, l'abbé Combe, résout un jour de doter son saint d'une belle route. Un peu d'argent est nécessaire.

Le digne curé l'aura. Il connaît l'obligeante muse de M. Boudin ; il recourt à elle. La muse se fait quêteuse, et bientôt, pour emprunter l'ingénieuse expression du poète, l'excellent prêtre, *comme un bon père qui devant ses enfants ôte les pierres avec la main,* a doté sa paroisse selon son désir d'une belle route unie.

Voici maintenant l'œuvre sainte des crèches qui vient frapper aux portes de la ville d'Avignon. M. Boudin a entendu l'appel, et discrètement, sans se faire annoncer, il a jeté d'un trait de plume, en faveur de l'institution charitable et à son profit, *La Crèche de la Sainte Enfance,* un poëme qui a reçu son ample récompense : au jour de l'inauguration de la crèche avignonaise, les applaudissements unanimes de l'assistance et l'inestimable suffrage de Monseigneur l'Archevêque, bientôt après les remercîments de l'administration générale de l'œuvre de Paris, par l'organe de son vice-président, M. Emile Deschamps, un poëte aussi et des meilleurs : « Nous avions hier comité chez » notre excellent président, M. Marbeau, et là votre nom » et votre œuvre ont été bénis comme ils doivent l'être. » Je ne suis pas une voix ici, mais un écho. »

Enseigner aux classes ouvrières, sous la forme naïve et bienvenue de l'apologue, et dans leur propre idiome pour en être mieux compris, l'amour des choses belles et honnêtes, telle est la pensée qui a présidé à la composition des fables que M. Boudin édite aujourd'hui, promesse d'une moisson d'épis nouveaux. Les semences socialistes ont fait germer dans les cœurs humbles les sourds ferments de l'envie. Si grande a été la contagion que l'emblème même de la modestie, que la violette a porté sur le sort du lys superbe

un regard de désir. Mais la royale fleur, par la voix de
M. Boudin, apprend à la violette les dangers de la gran-
deur et les avantages de la petitesse. A ses paroles où l'on
sent vivre la vérité, la violette se console et elle plaint
ceux qu'elle jalousait; car, voyant juste enfin, elle n'aper-
çoit plus dans ceux qu'elle croyait les favoris de la fortune
que des frères différemment malheureux. Désormais donc
elle n'enviera plus la vaine élévation d'autrui, mais, ses
désirs montant vers la source de la hauteur véritable,
d'un élan, elle s'élèvera à Dieu.

M. Boudin n'aurait pas jugé sa tâche accomplie si,
après avoir rendu au malheureux ce signalé service de
lui apprendre à se contenter de son sort, il ne lui en avait
point rendu un second en instruisant le riche de son de-
voir. C'est le but du *partageur.* — Il était un riche aussi
glorieux qu'avare, un *serre-piastres*, un vantard étalant,
à toute heure, ses trésors devant de pauvres hères. Je
vous laisse à penser si ce spectacle devait réjouir l'ame
des malheureux. Longtemps l'affaire n'eut pas d'autres
conséquences et l'opulent jouit sans danger et de ses joies
de Crésus orgueilleux et de la convoitise irritée de ses
souffre-douleurs. Mais enfin un orage éclate, on parle de
partage et de communauté. Vite le superbe alors de
changer d'allure et de langage. Il s'en va vêtu comme un
chiffonnier, il n'a plus d'asile, plus de pain à mettre sous
la dent, tant la révolution l'a frappé, le pauvre homme !
La leçon, par bonheur, évènement trop rare, porte bientôt ses fruits. La fastueuse chicherie fait place à l'hu-
meur bienfaisante. Loteries, souscriptions, bals en faveur de l'infortune, notre avare est de tout et des pre-

miers. Rentré en lui même, le voilà converti, tant et si bien qu'il est partageur. — Partageur, me direz-vous ? — Oui, *partageur du bon Dieu !* de Dieu, *l'auteur de tout, le grand propriétaire, qui devient l'assureur de la propriété pourvu que nous donnions à celle-ci pour garde et pour rempart la sainte charité !*

Les leçons de morale générale vont, dans le recueil de M. Boudin, de compagnie avec les leçons que l'effet d'exécrables doctrines a rendues tristement particulières à notre siècle. *Les Héritiers* enseignent à ne pas juger sur l'apparence. — Un vieil oncle, goûte-tout-seul, avait, pour dépister les voleurs, fait plusieurs nichées de son or. Ses trois neveux à sa mort en eurent quelque vent (il n'y a tels que les héritiers pour avoir le nez fin !) Chacun comptant sur sa bonne étoile, chacun persuadé de savoir où gîtait le magot, il fut entr'eux convenu que chacun prendrait ce qui tomberait sous sa main et que toute prise serait bonne prise. Ils prêtent donc serment comme les trois Horaces ; peut-être serait-il mieux de dire les trois voraces ? Et sitôt fait, tous trois en même temps de se précipiter dans la cabane du défunt. Il faut voir comme leurs mains se multiplient ! Oh ! que l'ouvrage presse ! et que, mis à la tâche, l'héritier fait de prompte besogne ! Bref, car il est impossible de suivre avec la lenteur de la langue française la rapidité tourbillonnante du poète provençal, (on dirait la vive flamme sous les folles bouffées du vent), bref, de nos trois chercheurs d'argent, deux ont seuls réussi. Le troisième reste dolent et les mains vides. *Fortune est insolente*, dit le proverbe. Les heureux chercheurs montrent à leur frère, comme pour le consoler de sa déconvenue,

un pauvre petit pot de grès si humble d'aspect, de si pi-
teuse contenance qu'on le croirait honteux de lui-même.

Tu l'auras par-dessus le marché. Tintera-t-il ?.... qui
sait ? — Le malheureux raillé l'avise, et, la rage au cœur,
d'un grand coup de pied le fait voler en éclats. *Miracle !
qu'elle chance ! Etincelants en l'air, de son sein s'élance une
volée de louis d'or.* On vous avait prévenu : il ne faut pas
juger sur l'apparence.

Deux pièces s'offrent maintenant, l'une et l'autre au
plus haut point touchantes et d'un sentiment exquis.
Elles pourraient paraître sous un titre commun : *l'in-
fluence de la vertu*, quoi qu'elles diffèrent essentiellement
comme récit et détails. Laissons là pour le moment *Brigitte et Colas*. Les fleurs délicates ne veulent point être
touchées deux fois ; leur éclat s'en efface, et leur par-
fum s'en affadit. *La marchande d'oranges* fera d'ailleurs un
assez joli en-attendant. — Un dimanche à midi, aux
abords du rocher, une marchande d'oranges se désolait.
Le dernier coup de la messe a sonné et sa petite n'est pas
là pour garder ses *mayorques*. Une dame survient à qui
la marchande dit sa peine. Aussitôt conté, aussitôt la
dame d'offrir ses services. La femme du peuple ne peut
croire à tant de dévouement ; elle s'imagine qu'on la raille.
La dame insiste cependant, et la marchande part pour
l'église. A peine est-elle assise, que les acheteurs accou-
rent vers la dame, si bien qu'en un instant les corbeilles
sont vides. Sur ce la petite fille se présente qui, stupé-
faite, reçoit dans son tablier pièces d'argent et monnaie
de cuivre. La messe finit pourtant. — *Quel malheur ! ô
mon Dieu ! plus d'oranges dans mes corbeilles ! c'est le pre-*

mier cri de la marchande qui, ne voyant plus la dame,
pense être victime d'une avanturière. Son second est tout
d'indignation, et déjà sa main est levée sur son enfant.
Celle-ci tombe à ses pieds, et, pour unique réponse,
ouvre son tablier gros d'argent.

« Sainte Vierge !... « s'écrie la marchande, « ma
» belle !... il est encore de braves gens !... C'est un ange
» favorable qui est descendu du ciel pour débiter mes
» oranges ! par quel sentier est-il parti ? que je baise avec
» respect l'empreinte de ses pieds. — Là haut il s'est en-
» volé, comme un oiseau dans l'air !... sur le chemin du
» ciel on ne laisse point trace de pied ! »

— En parlant ainsi, la marchande fait tinter une petite pièce
d'argent tout auprès d'elle, dans le tronc des pauvres prisonniers.
— Les vertus, cela se sait, aiment à se trouver en famille.
Quand elles voient, ici bas, un petit coin de terre pur comme
elles, une y pose le pied, bientôt toutes y courent, et puis,
formant cercle, se tenant par la main, elles élèvent jusqu'à
Dieu leur chœur de saintes filles. —

Le Ver-à-soie et l'Escargot, *les Cloches*, sont deux
pièces d'observation humoristique, la dernière surtout
dont l'idée est tirée de Rabelais. — Un cordonnier céli-
bataire, un peu pesant d'esprit, s'enfêta, las de faire
son lit et d'écumer son pot, de certaine Goton. Elle
avait fin minois, taille mignonne et parler séducteur.
Huit jours d'innocente amourette, et déjà l'honnête garçon
rêvait de lune de miel. Un doute cependant agitait son
esprit. Pour le résoudre, il s'en va trouver le Prieur du
lieu, homme de prudent conseil. « C'est un cas réservé,»
lui dit le fin matois qui le voit venir. « Les cloches, mon

»garçon, si tu sais entendre leur langage, t'en diront là
»dessus plus long que moi.» Le lendemain, dès que Gaspard sonne la grand-messe, le fils de St-Crépin a l'oreille
au vent. *Marie-toi, marie-toi* lui crient elles toutes en
chœur de leur petite et de leur grosse voix. Son doute
éclairci par son désir, notre naïf cordonnier franchit le
pas. Tout s'offrait rose la veille, tout devient noir le lendemain. Plus habile à la dépense qu'au travail et de la langue plus active que des bras, ce qu'amasse son mari,
Goton le dissipe. — Pauvre Jean, que ne restais-tu garçon? crie sa conscience au malheureux cordonnier. —
Il veut savoir pourtant ce qu'en dira M. le Prieur. « Les
»cloches m'ont bien mal conseillé. — Mon ami, pour
»sûr tu auras mal écouté, va plutôt y entendre de nou-
veau. » Répond avec malice le prudent donneur d'avis. —
C'est ce que fait l'innocent. Il ne les a pas plus tôt ouïes
qu'il s'exclame : c'est bien vrai. et que j'ai mérité ce qui
m'arrive, les cloches disent véritablement : *Ne te maries
pas, ne te maries pas.*

— Si, une fois, le cœur carillonne les gais refrains de
l'hymenée, tout sonne à l'unisson, toute cloche devient tambourin. Puis, si le cœur gémit dans les ronces du chagrin, toute
cloche pleure alors, car toujours le dehors est l'écho du dedans. —

Il y a tout un drame dans la fable du Vers-à-soie et de
l'Escargot, un drame d'un intérêt attachant; on y marche
de détails en détails toujours plus vivement ravi. — A
peine né, un vers-à-soie a été jeté parmi le fumier. S'il
souffrit, vous l'imaginez. Pas de feuille et la faim. Puis
les poules arrivent, et du bec du coq il passe dans celui

de sa favorite. Quelles transes ! heureusement que survient un gros chien qui saute sur les poules et sauve le vermisseau. Ses épreuves pourtant ne sont pas finies. A peine hélas ! un peu remis de la peur, son appétit s'ouvre de plus belle. De toutes parts alors de l'œil il quête un peu de verdure. Il a bien découvert un mûrier, mais qu'il est loin et quelle route ! Il se ramasse, il s'allonge, reculant d'une ligne, avançant de deux. Enfin, clopin-clopant, de travers, comme il peut, le voilà au pied de l'arbre. Plus de forces, et l'arbre est si haut ! Envoyé du ciel, passe d'avanture un escargot glissant sur son sentier argenté, et d'ici de là, jouant des cornes. C'est un secours inespéré. Aussi comme notre ver-à-soie sait mêler adroitement la flatterie délicate à la promesse séduisante. « Si tu me faisais courte-échelle, va, bien sûr, je » te le rendrais. Je ne suis point pour rester en tout temps » vermisseau, un jour je serai vêtu de la plus blanche » hermine. Comme toi, tu me verras aussi citoyen à » coquille. Je me prélasserai dans un château reluisant » comme l'or, tout tenturé de soie. Tu peux en ces jours » venir me visiter si tu es court de blettes. » Mais, avec les destinées, la scène et les rôles vont changer. Tandis que, grâce à l'aide de l'escargot qui l'a porté sur son dos jusqu'à la feuille de mûrier, le ver-à-soie est devenu tour-à-tour chrysalide en palais d'or, papillon aux ailes de nacre, la sécheresse a réduit l'escargot à la famine. Plus de verdure nulle part ; nulle espérance qu'en son bienfait. Il s'achemine donc vers le logis du ver-à-soie, la tête basse, l'estomac creux, affaibli par un long jeûne, et, de sa voix la plus douce, il s'adresse à son obligé. » Petit

» vermisseau, te souviens-t-il de l'escargot de bien qui jadis
» te sauva les jours. Ce n'est pas chose qu'on oublie. Les
» pariétaires sont brûlées là-bas, plus un brin d'herbe
» à ronger. Ne pourrais-tu me rendre service à ton tour ? »
Pauvre escargot, qu'il connaît peu son monde ! « Je suis
» papillon » répond le ver-à-soie. « un gros personnage.
» Il n'est point de ver dans la maison et ton insolence
» me semble étrange autant que ta demande. Tiens, tiens,
» voilà un coup de mon aile, voilà de la poudre d'argent »
Le pauvre escargot n'a pas le temps de rentrer dans sa
coquille qu'il dégringole du mûrier. On sent quelle sera
la morale ; d'elle-même ne sort-elle pas du sujet ?

— Combien de gens qui ne furent que vermisseaux en un
temps et qui tournent le dos ainsi à leurs amis d'autrefois dès
qu'un peu d'aile leur pousse et qu'ils sont argentés.

En voilà assez, plus qu'il n'en faut peut-être pour juger du mérite moral des œuvres de M. Boudin. Par les
citations données on a pu prendre même comme un avant-
goût de la valeur littéraire des fables qu'il édite aujour-
d'hui. Il en reste bon nombre, et plus d'une excellente,
dont nous n'avons pu dire un seul mot. Le lecteur lira et
jugera sous le charme de ses impressions. L'unique tâche
nous reste à remplir de caractériser, autant qu'il est en
nous, le talent propre de M. Boudin. M. Augustin
Thierry, dans une lettre justement flatteuse l'a nommé
*le plus heureux émule de l'inimitable Jasmin.** Il y a de

* Voici les termes mêmes de la lettre. « Je trouve beaucoup
» d'esprit, de grâce, de bon sens et de moralité dans vos poésies,
» et, selon moi, vous êtes le plus heureux émule de l'inimitable
» Jasmin. »

la grâce en effet du coiffeur d'Agen dans les poésies de
M. Boudin. Mais il y a plus que cela. On sent de l'ac-
cent et du plus haut dans les vers qui terminent la marchande d'oranges. Un de nos plus éminents critiques,
M. Saint-Beuve, a chaudement apprécié le ver-à-soie ;
le dernier vers surtout lui a paru frappé au coin d'une
heureuse et vive poésie. Détails de mœurs, tableaux tou-
chants qui ont inspiré plus d'un pinceau,* expressions
et vers trouvés, abondent de toutes parts, dans le poême
de Saboly, dans les fables, dans la crèche de la Sainte Enfance, une œuvre qu'on croirait sortie vivante des en-
trailles d'une mère. Tel vers que je citerais, pris ici ou là,
eût fait l'orgueil d'Hyacinthe Morel, l'auteur populaire du
Galoubet, et ne serait point désavoué par le vert génie de
Castil-Blaze. La fable du ver-à-soie et de l'escargot est à
Avignon dans toutes les mémoires et sur toutes les bou-
ches. Je tiens enfin le conte de *Brigitte et Colas* pour un
petit chef d'œuvre, et mes lecteurs, j'en suis persuadé,
me sauront gré de le leur avoir réservé pour la fin. Toutes les qualités de l'auteur sont là comme en abrégé : l'in-
vention, l'originalité, l'art du récit, le charme du discours,
les tours heureux et naturels, l'observation exacte des
mœurs et des mouvements de l'ame. Elles y sont couron-
nées d'une grâce particulière de fraîcheur et de sentiment
qui enlève. Je romps là, cher lecteur, et ne veux point
vous faire languir.

* MM. Bigand, Lacroix, Geoffroy, Chautard.

BRIGITTE ET COLAS.*

A mon ami le docteur P. Yvaren.

Brigitte et Colas , le plus joli couple des enfants de Monteux ,
s'étaient à peine vus qu'ils s'aimaient. Au sortir de la coquille on
les surprit se becquetant comme deux tourtereaux. Quand ils furent
grandelets, qu'ils eurent dit adieu à la marelle , aux joujous , à ca-
che-cache ; au flambeau de l'amour qui met en fuite les poupées ,
Colas trouva Brigitte belle , et Brigitte en Colas reconnut son roi.

Brigitte avait quinze ans, elle était vive-éveillée , jolie comme un
œuf, toujours tirée à quatre épingles. Belle diseuse , elle avait la
grâce et le tour. On la voyait aussi prompte au travail qu'à la pro-
menade. Colas , à la moisson , prenait ses dix-huit ans. C'était un
beau morceau de paysan , délibéré, bien pris , la fleur des garçons
du terroir. On n'en faisait plus dans ce moule ; jamais nul , au dire
du pays, comme lui n'avait porté Saint-Gens **. Sans plus différer,
Brigitte et Colas voulurent coudre leurs deux vies, faufilées déjà du
fil d'or des amours

Enfin de leur bonheur ils voient le jour luire. Pour eux plus de
où vas-tu ? Librement (ils n'ont plus d'autres liens que leurs chaî-
nes amoureuses,) dans de gaies causeries , bras dessus bras dessous,
ils partent pour annoncer l'heureux évènement ***. Ils ne savent
ce qu'ils disent ; ils rient comme des fous, et ils ne savent pourquoi
ils rient. Ils ont le cœur si joyeux !

Brigitte, petit papillon , des pieds ne touche pas le sol ; elle
glisse sur les fleurs et les incline à peine. Une fois, l'espiègle , elle
fera mine de s'enfuir , et, pour la punir , Colas tout aussitôt de
feindre un air boudeur que dissipe un doux regard.

* Page 39.

** et *** Voir p. 40 , notes.

Ainsi, courant folâtres de grange en grange, ils arrivent sur les bords du Louzon qui sont blancs de troupeaux. Les rossignols chantent, les fleurs entrouvrent leur calice ; la nature partout leur rit, leur fait beau-beau. Nos fiancés tout-à-l'heure ont fini leur journée. Une aubade dans l'ame, ils sont de retour à la maison.

Mais leur enivrement ne sera pas de durée. Leurs pères, quel malheur ! à présent se veulent du mal. Ils se sont fâchés, mon Dieu ! pour peu de chose : un terme dérangé par hasard en est cause, et partant plus de noce. Nos beaux amoureux se quittent le cœur gros, sans se dire un mot doux. Toutefois ils ne s'endorment point dans leur chagrin ; ils chargent maire et curé de faire entendre raison à leurs parents. Rien ne fait. Le Jubilé même est court d'haleine pour adoucir les deux furies.

Voici cependant qu'un jour, au retour du marché, nos deux plaideurs, attardés dans la nuit, vont sur le même chemin sans pouvoir se reconnaître. Ils entendent une voix hélas ! qui crie au secours ! au voleur ! Tout deux se précipitent pour sauver un chrétien menacé de mort. Evènement funeste et favorable ! il se trouve que, dans la bagarre, un des deux sauveurs à la jambe est blessé. L'autre le charge sur ses épaules et le porte à la maison. Là, il reconnaît son homme, et, pouvoir de la vertu ! en déchargeant son fardeau, il a déchargé son venin. Les deux ennemis s'embrassèrent ; les parents, les voisins, les amoureux pleurèrent. Comme s'ils n'avaient eu qu'un seul cœur, qu'une même ame, ensemble ils bénirent Dieu qui avait tout pacifié. —

L'impression que j'éprouve me trompe-t-elle ? A la lecture de ce délicieux récit, je me figure ouïr l'histoire d'un Roméo et d'une Juliette de campagne. La divison des familles a sûrement une cause moins sérieuse et qu'un rien fera cesser, moins d'ombre, pour tout dire, contraste avec la lumière du tableau, mais l'amour est semblable et le couple amoureux n'a pas moins de radieuse jeunesse, de beauté morale et de ravissement intérieur.

Patrice ROLLET.

GARBETO DE FABLO.

LOU GAZ ET LOU CALÈO.[*]

FABLO.

Ut nullus deinceps intumescat
superbia. DEUTER. Chap. 17. V. 13.
Afin que rés à l'avéni s'es-
poumpigue d'orguèi.
Paraulo de la Biblo.

Moussu l'abè TERRIS, Foundatour et Directour de la Soucieta de San-Francé-Xavier,
d'Avignoun.

Coum'un bèo soulèo avoustin,
Tan lèo que dèvro la parpèlo
A soun léva, dé bon matin,
Emmando jaire lis estèlo;
Ansin dré qu'un gaz pariguè
Où bèo mitand'una boutiquo,

---

* Petite lampe à queue ayant la forme des lampes antiques, fort usitée
dans le pays.

Lampo, candèlo et violo antiquo,
Tout, subitò, s'esclussiguè.
Acantouna din la cousino,
Un lai marri pichô calèo
Soulé fasié'nca bono mino.
Lou gaz lou destousco léo.
Pichò bouchard! yé fai; coumé, vives encaro?
Te flatayés belèo de mesprésa ma caro :
Quand fin que d'un ti coumpagnoun,
Flambèo, quinqué, lampo et lampioun,
An avala sa mécho,
Tu fayés flamo drécho,
Que siés qu'un lume de souyoun ?
L'oli a fa soun tèm, aprén quélo nouvèlo!
Soun rôle sara plus de réfaire lou jour,
De sinja lou souléo; aro vèn à moun tour
De soulia li nieu, de coucha lis estèlo!
Soun sor, à l'avéni, vosti saupre ço qu'èi ?
De garni la salado et fricassa lou pèi.
Adoun, t'entestes pas, lume de tafataire!
De la bèlo clarta yéo soulé siéo lou paire!
Lou calèo yé respond : de yéo parles isa,
Siéo pas tan de mesprésa :
D'où tèm qu'en bas, din la murayo,
Coum'un dogo michan, pudèn, siès enchèina ;
Yéo siéo libre toustem, toujou yéo siéo en ayo ;
Per véni n'ai gis d'houro et gis per m'enana.
Su la terro ounte sian s'ércs pas tan nouvice,
Sayès miéo où courèn di glourious service,
Qu'ai rendu din lou monde : es yèo que de la nieu
Bandissén li tenèbre, ai fa bèo lume eis yeu
Di savèn, di poèto, et di grand philosofo,

Touti gèn rénouma de la mïouro estofo,
Que saran jusqu'où bout, lèis astre toujou viéo
Qu'èis espri faran lume, aprè li rai de diéo.
Archimèdo ! Platon ! Démosthèno et Virgile !
San prophèto et douctour doù sublime Évangile !
Vautri qu'ai ajuda per vous faire tan grand,
Anèn dau, léva-vous ! venè vènja moun sang !
Alor lou gaz yé fai, palinas de couléro :
Ah ! vos pas poustéja, pichot escaravai !
Hébèn ! dins un moumén, tan t'esbrioùdarai,
Que subran, maugra tu, disparestras de terro.
    S'esquicho tan, aquéo cifer,
    Per lusi coumé s'èro un astré,
    Qu'oùtour soulé de soun désastré,
Coùm'un marri canoun, esclato et sauto en l'er !
    Aprè soun escoùfestre,
    A la man de soun mestré,
    Lou calèo, piéo, piéo,
    Toujou viéo ;
Verifïo en dansén, l'état de la cousino
De soun désénémi lou cadabre et li ruino.

Vooù mai lusi toujou, paure pichô calèo,
Que s'esclussi tan vite esbrioùdan flambèo.

    L'houneste ouvrié, bon travaiaire,
    Countèn de soun pichô lusi,
    Ei pus hérous dédin soun caire
    Qu'un rèi que l'anbicioun goùsi.

LA MARCHANDO D'ARANGE.

CONTE.

A Moussu Augustin THIERRY, Membre de l'Institut

Un diménche , à mièjour, per aqui vèr la Roquo ,*
Françoun sè désoulavo , en jougnissén li man.
Lou darnié de la messo amoun fasié : dan , dan ,
Et gis de chato, aqui, per garda si mayoquo !
Alor, se gandissié d'ouçamen où roucas
Una bèn bravo damo ; èlo yé di soun cas.
S'èi qu'acò , fai la damo, ana vite à la messo !
Yéo gardé lis arange. Oh ! boudiéo ! quu surpresso !
Vous, yé respond la fumo , una damo à capèo ?
Vous trufè pas di paure, ana! qu'acò'i pas bèo.
Èi de bon. — Leva-vous ! — Mai sia bèn entestade !
S'ista'ncaro un moumén , la messe èi despounchado.

* Le Rocher enfermé dans l'enceinte d'Avignon, sur lequel s'élève l'an-
cienne église des Papes , Notre-Dame-des-Doms.

Françoun alor ya fé :
Cour, cour, en se virén vèr sou ban quauquifé.
D'intérim que la damo encadro si dantèlo
Entre-mitan di canestèlo,
Vèn un moussu per achata,
Que per lucha de carita,
Prén d'arange una ribambèlo,
Et piè yé fai lusi sa générousita.
Après aquéo, vèn plusieur damo,
De jouni gèn, quauquis hoùzar ;
Se vounvouno, alentour, qu'aco'is una bèlo amo,
Et que sa plaço èi su l'oùtar.
Ya trènto man en l'er ; lou frui èi de réquisto,
Oùra léo acaba :
Quand èi la carita qu'èi marchando et que quisto,
Plòou d'argèn eiçaba.
La chato de Françoun anfin s'èis acampado ;
De ce que vei reste espantado.
Aparo toun foudau ! fai la damo à la chato ;
Zòou ! yescampo una pato,
Que yé fai durbi d'yeu grand coume de pourtau !
La damo disparèi. Françoun révèn messado ;
Vésén plus gis d'arange, èlo se crèi roùbado :
— Quu malhur ! oh ! moun Diéo !
M'an pré tout ce qu'aviéo !
N'èro qu'une coumaire
De filoutur, de partajaire ;
Vount'ei ? la vole tia, yé choùcha soun capèo ;
Et tu, moustre d'enfan, vai-t'en, s'ames ta pèo !
L'enfan toumbo à ginoun davan la bramarèlo,
En durbèn soun foudau que crèbo de l'argèn.
— Santo Vierjo !...... ma bèlo !......

Ya'nca de bravi gèn !.....
Eis un ange ,
Qu'a descendu dou cier per chabi mis arange
Et me faire de bèn !
Per quu drayòou sèis enanado !
Que poutounéje amé respè
La marquo de si pè !......
Eilamoundau s'éis envoùlado ,
Coum'un oùssèo din l'er.....
Se leisso gis de piado
Su lou camin d'où cier !
En parlén coum'acò , fai dinda'na péceto
Apéraqui darnié ,
Où foun de la quisseto
Di paure prisounié.

Li vertu , co se sau , amon d'estre en famïo :
Quand véson su la terro un pouli rode blan ,
Uno yé mé lou pè ; bèn lèo , touti yé van ,
Et pièi fasén lou round , sé tenén per la man ,
Fan mounta jusqu'à Diéo soun chœur de santi fïo !

LOU LYS ET LA VIOULETO.

FABLO.

———

A Moussu MOQUIN-TANDON, Proufessour de botaniquo à l'Escolo de Médécino de Toulouso correspoundan de l'Institut, manteuur di Jo flouraux, etc.

———

Su lou bord d'un riéo cascaiaire,
Un béo lys eis urno d'argèn,
Din si mouamen encènsaire,
De l'aureto amourouso emboùmavo l'alèn.
Uno moudesto vioùleto,
Poulido naneto,
Ero aqui proche d'éo,
Qu'espandi ié sa raubeto
Bagnadeto,
Dins un rayoun de souléo.
Quand agué éissuga sa parpèlo
Di perlo humido de la nieu,
Et que veguè davan sis yeu
Mounta din l'er la flour tan bélo,

Qu'èro lou lys, soun fier vésin,
Din soun cor n'aguè de chagrin.
S'oùbourén su soun pè, subran yé fai ansin :
— « Ah ! digo,
Ma sœur, qu'as bèn agu l'afla
D'où créatour, quand éo t'a fa !
Coumo sa man èïs estado proudigo
Per tu, de si trésor !
Richo campano et poudro d'or
Balances où bout d'una bigo !
Gràço à ta majesta, gràço à ta bono oùdour,
A ta bèlo blancour
Symbolo d'inoucènço,
Pertout vénèron ta présenço,
Pertout siés coumblado d'hounour ;
Habites li palai, li grando cathédralo,
L'oùtar vounté Jésus descèn !
Brïes à la man virginalo
De san Joùsé, de sa jacèn !
Se de la puissanço divino
La font poudié s'agouta,
Créyéo qu'à coumença per ta flour blanco et fino,
Et qué per yéo n'a rèn resta !
Per yéo que siéo tan pichoteto,
Malauteto,
Toustèm habïado de vu,
Que semblo qu'ai ploura per avé ma roubeto
Dé calico blu ;
Entre la trèflo et la coùssido,
Coum'una pauro flour de pra,
Per touto man yéo siéo culido :
Lou fòou soufri, bon gra moùgra. »

— Ma sœur! respond lou lys, te plagnes de drudièro,
　　　Quand te plagnes ansin :
Ah! que bayayéo bèn ma plaço où santuèro,
　　　Per agué toun destin!
A touti li bouqué qu'un sentimén coumposo,
　　　As ta plaço d'hounour
　　　A cousta de la roso,
　　　Qu'èi la rèino di flour;
Siès de touti li gèn, siès de touti lis age;
A touto boutounièro as dré de t'estala;
Te châles où mitan de touti li coursage;
Ei bouco di jouvèn l'on te vèi pendoula.
　　　Tu siès oùtan bèn aculido
Di pichò que di grand per ta simplicita,
Anfin, as ce que fai lou bonhur de la vido :
　　　La popularita! »
　　　Nosto pichoto floureto,
　　　En s'entendén ansin vanta;
Per la proumièro fé se crèi d'estre grandeto,
　　　Se n'èro pas vioùleto,
　　　Se passïè de vanita!
　　　Elo se di : — « siéo counsoulado;
Vole estre plus jalouso et viéoure résignado,
A l'avéni, li gèn oùran bèo estre hau,
　　　Vèirai pertout que mis égau :
　　　De malherous, de frèro.
Quand voudrai espincha ségur pus hau que yéo
Eilamoun din lou ciel régardarai moun pèro;
　　　D'un boun m'oùbourarai à Diéo. »

LOU MAGNAN ET LA CACALAUSO.

FABLO.

———

A Moussu SAINTE-BEUVE, de l'Académio francèso.

———

Un magnan pérézous, de la ségoundo mudo,
     Qu'èro esmara dédin lou jas,
Fuguè, per Marioun, gita s'un fuméras,
Vounte lou malhérous n'en patiguè de rudo.
Li galino subran, que n'avién pas soupa,
Din l'espoir doù butin, vènon per estrépa.
Lou gau, lou bèo proumié, lou vèi et lou béqueto,
Piei s'esquïo un pôou yeun, per n'en faire si freto.
     Sa favourito a fantizié
     De n'en rejoui soun goùzié ;
Cascayo que lou vôou, bat soun gau, lou coùsséjo ;
     Aqués, en amourous durbè,
     Es tan sensible à soun envéjo,
     Que se lou leisso prendre où bè.
Mai vèici qu'un gros chin de la granjo vézino,
     Sauto en japén su li galino :

Acò soûvè lou verminoun,
Que toumbè viéo dédins un foun,
Doù bè de la poulo esfrayado.
Quand séis un pôou remé de si douas esquichado,
Se dono tan de biai, que parvèn à sourti
De soun trau ; lou grand air yé dèvèo l'apéti ;
Espincho tatécan se din lou vézinage
Verdéjo pa'n pôou de fuyage ;
Descouvro un amouyé ! nèi countèn counounsai :
Nèi pas sèn faire d'ouï et d'aï,
Que lou pauret se yé trinasso ;
S'amoulouno, s'estiro, et de guingoi yé vai.
A lou vèire, dïa que casso à la tirasso.
Pièi contro l'amouyé quand se fôou oùboura,
Oh ! quuto voyo ! es moucoura
Per tenta'quélo grando cauzo.
Bonheur que près d'aqui passo uno cacalauzo,
Glissén su'n drayôou argenta,
Et banegén de tout cousta.
— Bèlo cacalouzeto !
Ye fai, agues pièta de yéo !
Se tu me fasiés esquineto,
Sus aquel aubre escalayéo ;
Vai, bèn segur, te lou rendriéo !
Car siéo pas per resta toustem una vermino :
Un jour, sarai vesti de la pus blanco hermino ;
Me vèiras, coume tu, citouyèn à crévèo ;
M'espoumpirai dins un castèo
Tréluzén coume l'or, tout tapissa de sédo ;
Pos véni me trouva, se siés courto de blédo !
Nosto cacalauzeto ci presto su lou co ;
Sau qu'en oùblijén vite, élo oùblijo dous co.

Lou magnan , mé d'esfort, mounto su l'impérialo
    De sa pourtuso, et se yé châlo.
Quand l'embastage ei fa , la bono bestio escalo.
Ariba touti dous ansin su l'amouyé ,
Noste cacalauzoun pauzo bèn plan soun viage ;
Avant de se quitta , se juron amitié.
Après li gramaçi , lis adissia d'usage ,
    Chascun s'envai de soun cousta ,
    Car ya long tèm qu'an pas tasta.
    Pièi sèn bezoun d'endourmitori ,
Lou magnan fai dous son à perdre la mémori ,
Anfin quand es vengu coulour d'or , clar et roun ,
Estaco bèn si bout et filo soun coucoun.
Dou tèm que , coume un diéo lou parvengu s'escoun
Lou paure cacalau toumbo din la débino.
La grando sécaresso a coûza la famino
Din soun péis : que faire en talo extrémita ?
    S'envai imploura la piéta
    D'aquéo magnan qu'avié pourta
    Tout maloûtoun su sis esquino.
    — Pichô verminé , te soùvèn
    De la cacalauzo de bèn ,
    Qu'autrifé té souvè la vido?
    Aco's pas cauzo que s'oublido ,
Yé fai : lis espargoulo , eilaba , soun bruzido ;
    Ya plu'n péo d'herbo à rouziga.
    Per yéo pourries-ti t'empléga ?
    Noste magnan drèvo la porto ,
    Di : quau me sono de la sorto ?
    Ya gis de verme din l'houstau !
    La pesto sié doù cacalau
    Qu'ansin m'insulto et me rabalo !

Siéo parpayoun, siéo un gros gèn !
Tè, tè, vaqu'in co de moun alo !
Tè, vaqui de poudro d'argèn !
La pauro cacalauzo alor rintro si bano,
Et patapôou en bas, de l'amouyé débano.

Quan ya de gèn que soun esta
Dédins un tèm que de vermino,
Qu'à sis anciens amis ansin viron l'esquino,
Drè qu'an prés un pôou d'alo et que soun argénta !

LOU PARTAJAIRE.

FABLO.

A Moussu BOURBOUSSON, Députa de Vaucluso.

(1850.)

Un richas glourious qu'èro un sarro-pata,
Quand se dévinavo en coumpagno,
Savié parla de rèn, hormi de si campagno,
De si toupin plén d'or, davan d'home endéouta,
Davan de paure proulétari.
Yéo vous leisse à pensa s'un pareil invéntari

Deviè li remounta !
Fasién d'exclamacioun , piéi d'envéjous sourire ,
Et dédin l'amo fasién pire ,
Talamén èron irrita.
Un jour din lou rouyaume esclato uno bourroulo :
Lou rabin tramblo alor per sa pèo et sis oulo ;
Car parloun de partage et de coumunouta !
Se dono tan de pôou d'aquéli partajaire ,
Que l'home d'oujourd'heui n'èi plus l'home d'hier ;
S'en vai vesti coum'un patiaire ;
A lou vèire dïa qu'es ou nis de la ser :
La grand revoulucioun la tan touca , pécaire !
N'a plu'n moucèo de pan à metre sous la dèn ;
Ver l'avaras en attendèn ,
D'home arma d'alabardo ,
A causo di toupin nieuch et jour soun de gardo.
Pus tard , quand lou bon tèm fuguè'n pôou révengu ,
Harpagoun avoué que n'èro pas tan gu ;
Coume autrifé , pamèn , cridè plus qu'èro riche ;
Rintré dédin éo mème et cessè d'estre chiche :
Fuguesse souscricioun , fuguesse loutayé ,
Pertout vésia soun noum escri lou bèo proumié ;
Fouyé faire una quèto ? anén vite quètavo ;
Se per bone obro se dansavo ,
Dansavo oussi , ben miéo pagavo ;
. Ero tan alargan que n'avié rèn an éo ;
Où sort di malhérous éo prenié part , péchaire !
Anfin se faguè partajaire !
Mai partajaire doù bon Diéo !
De Diéo l'oùtour de tout , lou grand proupriétari ,
Que se fai l'assurour de la prouprièta ,
Pourvu que yé dounén per sa gardo et per bari ,
La santo carita !

L'ENFAN ET LI CASTAGNO.

FABLO.

———————

A Moussu Louis RICHAUD, Prouvisour dou Lycée impériau de Pau.

———————

La biso boufo, èi folo et fréjo,
Révouluno, tempestéjo
    D'en bas en hau ;
    Fai de tron sens uiau ;
    Lou paure isséjo
    Ei bons houstau.
Plus de coumaire, à la carrièro,
Per cascaya planton bourdoun ;
Lou ramounur di sa cansoun,
Et lou patin di cousinièro
Fai restounti li caladoun.
Per se léva doù caire,
Fòou bèn agué d'afaire ;
Ya que lis amourous

Qu'à courre aguon de gous ;
Li escouyé soûzinon ;
Vouloulié s'acouquinon
Où foun de sis houstau ,
En fasén li malau !
Dodo qu'éis un musaire
Se fringouyo à sa maire ;
Per pas sourti , se tèn
La gauto , a mau de dèn.
Drè qu'éi soulé , s'agrouvo
Coum'un oùsseò que couvo
Davan un fio bèn clar ,
Lou pichò galavar ;
Per obro de vanèlo ,
Lèvo li crébessèlo
De dessus li toupin ;
N'espincho lou dédin ;
A gogò cendrinéjo ,
Amé lou fiò jouguéjo ;
Fai flamba de papié
Qu'estrasse à si cahié.
Et pièi nosto couvasso
Sonjo où tèm di fougasso :
Cerco su l'Armana
Quouro Jésus ei na.
Oi ! di , sian à la vèyo
De San-Martin ! L'idèyo
Ye vèn de rendre hounour
A l'avesque de Tour :
Dodo , per acò faire ,
Fai harlan à sa maire
De castagno , qu'escoun

Sèn tai, où fouguiroun.
M'un bastoun castagnaire,
Ensèmble li fai jaire
Dédin lou récayéo ;
Li viro de soun miéo ;
Doù grand plési n'en bavo,
Et dis yeu sé n'en gavo ;
Pièi à ginoun yé di :
Poulido castagneto,
Fasè vous lèo rousseto,
Ma maire vai vèni !
De vous farai lingueto
Coume d'un pan béni !
Bourjo tant li castagno,
Qu'à la fin n'an la cagno,
Et respoundén per : boun !
Où groumand que li poun,
Yamalugon lou mourre !
Lou blessa vòou s'encourre,
D'esfrai toumbo de quiéo,
Semblo mai mort que viéo !
Subran lou paire en ayo,
Court où champ de batayo,
S'entrévén à soun fiéo,
D'aquéò co de fusiéo ?
Dodo respond pas gaire ;
Soun oùvali, pécaire !
Lou rend tout vergougnous ;
Mai soun mourre cendrous
Fai proun lume à soun paire,
Que per bèn sermouna l'escouyé pérézous,
Yé crido : lis enfan soun coume li castagno :

S'à l'escolo , proumié , récévon pas lou tai
    Di bon principe et doù travai ,
Mé lou mounde pus tard soun toujou'n malamagno ,
Din lou fiò di passioun se crèbon à la fin ,
    Mau is os di vésin !

LIS HÉRITIÉ.

FABLO.

A mouu Ami Patrice ROLLET.

Un vièi gousto-soulé , que vivié coum'un loup ,
    Crégnissen li gèn de lévado ,
De sis escu faguè diferènto nisado.
    D'acò d'aqui si trés nébou ,
Qué duvié remounta sa darnièro badado ,
    Aguèron quauque vèn.
    Y a rèn de tau que li parèn
    Per avé la sentido.

Quand l'ouncle agué quita la vido,
Nosti trés héritié faguèron un trata :
Touti crésien de saupré ount èron li pata.
Diguèron : que chascun selon sa bono estèlo,
    Fague lou fur vounté voudra,
    Et que poussède sèn querèlo
    Ce que sa man agantara!
Subrau preston sermén, semblon li trés Horaço !
    (Sayé miéo di li trés voraço.)
Tan léo qu'an touca man, toutis afurouna,
Buton dédin l'houstau an un signau douna.
    Li vaqui doun dédin la turno
    De l'oncle mort ; chascun yé furno :
      Oh ! que de man !
      Coume rambayoun,
      Coume travayon ;
      S'en remetre à deman !
      L'ouvrage presso ;
      Que l'héritié
      Qu'èis à si pesso
      Ei bon ouvrié !
Tiron, drèvon, graton, curon ;
N'an pas pôou de se councha :
Escouta doun coum'éli juron
Que yagué rèn per empoucha !
Bèn mai ; un di que vôou se vèndre
S'empougno rèn ; mai din li cèndre
Trouvén d'argèn un gros mouloun,
Am'éo rétrovo la résoun.
Un autre où foun de la payasso,
En farfouyén fai bono casso.
Lou troisième a bèo cerca,

Capito rèn ; èis emmasca ;

Lou prendria per un céome ;

De l'estatu de sau semblo lou ségoun tòme ;

Mai lou pire de tout , èi que lis autri dous

Prenén ansin lou toun piatous ,

Yé fan : dédin toun fur puisque siés malhérous ;

Té ! quéo toupin gréza , que semblo qu'a vergougno

De sa rougno ,

Et de soun lai dédin ,

Quau sau ? belèo fara dindin ;

Tu l'ouras per dessus ! l'home vexa l'aviso ,

Et m'un grand co de pè , zôou de rage l'embriso.

Miracle ! quu bonhur ! dou toupinas n'en sor ,

Beluguéjén din l'air , un vôou de louis d'or !

Fòou pas juja su l'aparènço ;

Eis un atrapo gargamèo :

Sous lou déforo lou m'èn bèo ,

S'escoun souvèn forço chabènço.

LA DINDO BAVARDO.

FABLO.

A moun Ami Fᵉ. TAMISIER, Proufessour agréja dou Lycé de Marsèio.

Ah ! Moussu, quuto fin d'annado !
Ma fio s'èi roúbado ;
Moun garçoun m'a quita ;
Thérésoun m'a fa bessounado ;
Doua nativita
Vounte cantarai pas li Nouè de Saboly !
Despièi trés an mangén nosti faviôou sens oli,
Lou gardén per vïa, paure canu que sian,
Counissén plus *lou jour ounte se manjo tan* ! *
Vaqui lou capélé qu'un certain tafataire
Recitavou, piatous, à soun mestre d'houstau
En quau devié trés rènto ; aqués disié : péchaire !
Quand rintro sa mouyé m'un mourre que fai gau,
Escoundén din sa faudo un pouli calendau : **
Savès que la Jac'n èi déjà bèn remesso,
Fai lou Moussu. — Vèn de la messo ;

---

* C'est ainsi que les enfants appellent la veille de **Noël**.
** Branche de petit houx à fruits rouges orné de faveurs faites avec la moëlle de jonc de marais : on en décoie le gâteau de la veille de de Noël appelé aussi *calendau.*

Que respond. — De la plaço acò sayé miéo di ,
Rébèque lou bourjoi. — Noste home a pas menti :
De dous voulur de Paradi
Ai pré mau, per Toussan, vous lou dira soun paire,
Fai ansin Thérésoun, Jésus ! soun bèn hérous
D'estre mort !... Desmenti, pensa ! qu'agrado gaire
A noste tafataire ,
Enca mén où Moussu que devèn pus rénous ,
Que mastégo plus ce que pènso
A l'ouvrié tan poussa , qu'à la fin perd patienço :
Din vui jour sian à Nouè !
Save pas se lou savè ?
Crido lou tafataire, es que n'avè pas crènto
De tan brama : vole ma rènto !
Save pas ço que me tèn ....!
Oh ! boudiéo! de qu'entèn
Aquéo mestre d'houstau
Qu'eiço rèn pas pu tendre !
Lèvo la cano en l'er, coumme per se désfendre ;
Subran un gros dindar , qu'èro de per lou sôou
Amata dins un caire ,
Oùbouren un long còou,
Faï glou-glou ! de la pôou.
Fuguè l'arrès d'où tafataire ;
Car lou mestre d'houstau que se veguè troumpa.
Lou faguè descampa.

La pesto la messorgo! où diable la coulèro ,
Que m'an fa'nsin gita moun fèo!
Diguè lou tafataire, en fasén san Michèo :
De proun de nosti mau èli doua soun li mèro ,
Vous fan désénemi lou pôou d'ami qu'avè ....
Jusquo la Dindo de Nouè !

BERGIDO ET MICOULAU.

CONTE.

A moun Ami lou Douctour P^{er} YVAREN.

Bergido et Micoulau, lou pus pouli paréo
    Dis enfan de Mountéo,
    Drè se vèire, s'amèron ;
Où sourti dou crévèo, ensén se béquètèron
    Coume dous tourtourèo.
Quand fuguèron grandé, foro de la marèlo,
    Dis escoundudo et di bébèi,
Où lume de l'amour que banji li titèi,
    Coulau trouvè Bergido bèlo ;
Et Bergido en Coulau récouniguè soun rèi.
Bergido avié quinze an, èro escarabïado,
Poulido coum'un ièou, toujou bèn pouncirado ;
    Savié bèn dire, avié lou biai,
Lévavo lou pè né, tan per courre où travai
    Que per ana'la proumenado.
Micoulau, per meissoun, prénié disovuit an ;

Ero un bèo tro de péisan,
Délibéra, bèn prè, dou plan la flour di drole;
S'en fasié plus dins aquéo mole;
Jamai rés, où dire di gèn,
Avié coum'éo pourta san Gèn *
Sènso mai espéra, Micoulau et Bergido
Vouguèron per toujou courdura si doua vido,
Poufilado adéja doù fiéo d'or dis amour.
Anfin dé soun bouhur véson lusi lou jour:
Per éli y a plus gis de vounte-vas? Sèn gèino,
Liga tan soulamén dis amourouso chèino,
Parton per faire assaupre aquel avénamén,
Bras dessus bras dessous, din de gai parlamén. **

Savon pas ço que dison;
Rison coume de foï;
Savon pas perqué rison,
An tan l'espri galoï!
Gido parpayouneto, ‑
Toco pas di pè où sòou!
Coùssigo li flloureto
Sen yé gibla lou còou.
Fai semblan de s'encourre;
Coulau per la puni,
Yé fai un pichò mourre,
Qu'un co d'yeu fai fini.

De grange en grange ansin tréfouli se gandisson

Su li bord de Loûzoun que soun blanc di troupèo.
Amé si roussignòou, si flour que s'espandisson,
La nature pertout yé ri, yé fai bèo bèo.
Nosti novi, toutaro, an fini sa journado;
Uno oûbado din l'amo arrivon à l'houstau ;
Mai soun tréfoulimén sara pas de durado :
Si paire, quu malhur! âro se volon mau.
Se soun descounvengu, moun Diéo! per pòou de causo :
Un terme desrénja, per hasar, n'èi l'encauso ;
Et de noço... n'y a plus ! nosti bèos amourous
Se quiton lou cor gros, sèn se dire un mot dous.
Pamén, su soun coudoun démoron pa'n sésio ;
Cargon Mairo et Cura d'araisouna si gèn ;
Rèn fai; lou jubilé peréo ei court d'alèn
      Per adouci li doua furio.
Mai vèici qu'una nieu de retour doù marca,
S'acampavon de tard, nosti dous plidéjaire,
Su lou même camin, sèn pousque s'aluca.
Oùsisson una voix que cridavo, péchaire !
      Ou sécour ! où voulur !
      Courrén de tout soun cor,
Délivron un chrestian ménaça de la mort.
Arribo, per malhur, que din lou poûtirage,
Un de si dous souvaire à la cambo èi blessa ;
L'autre, dessus soun còou lou carguén coum'un sa,
Lou carréjo à l'houstau, sèn vèire soun visage.
Quand descarguè soun fai, vésèn lou pélérin,
Ce que pòou la vertu ! descarguè soun vérin :
Li dous désénémi su lou co s'embrassèron ,
Li parèn, li vésin, leis amourous plourèron,
Coume s'avién agu rèn qu'un' amo et qu'un cor,
Benissèn lou bou Diéo, qu'avié tout mé d'accor.

LI BROUQUETTO DOU DIABLE.

A moun Ami Aug. FARGE.

Un jour, certèn marchand de brouqueto chimiquo,
Cridén per Avignoun : an un sòou lou paqué !
Intrè dins un houstau fidèo ei mœurs antiquo : —
          « De qué ?
     Fai una rèire-grand, qu'a l'er engalinado,
          De brouqueto soufrado
          Où fin foun dis infer,
          Di man de Lucifer ?
Que s'ère quaucourèn, ou mairo ou coumissari,
N'en leissayéo pas l'houmbro intra din nosti bari ;
          Que quauque jour, tout Avignoun
          Sara brula pér li démoun !
          Dèsempièi qu'ère qu'una chato,
Yéo atuve moun fiò mé d'amadoù de pato,
          Mé la sinço et lou fusiéo,
          Rendén graçi où bon Diéo.
Oui la sinço, Moussu, ya pas tan de que rire

A voulounta, quand fòou, fiô et lume n'en tire
      De que me regarda?
      Aprenè que se li péda
      De l'enfan Jésus se coùfèron,
Ei gramaci la sinço et lou fiô qu'en tirèron
      Li pastourèo sí bon vésin.
Saboly l'a bèn di su soun gai tambourin ! »
Lou marchand, mé soun dè, fai signé à la chambriéro,
Que la grand jouï pas de sa résoun entièrc.
Martoun se boute à rire, à rire à se nousa.
      — Qu'èi que di? vèn s'amusa
      De yéo? vous aprendrai a respecta moun age,
      Sourtè ! Si noun vous desvisage,
      Marchand sia'n poulissoun!
Vountèi l'hasti, pichoto? embrouchén quéo capoun ! »
      Vouyé parla d'una voulayo
Que devié régala sa galoïso marmayo.
      An aquéo mot lou brouquetié
      A pòou; crèi d'estre lou gibié
      Que vòou larda la minagièro;
      D'un boun se lanço à la carrièro;
      Mai per malhur dédin soun van,
      Turtén sa boutiquo à la porto,
Li paqué de brouqueto, am'aquéo que li porto,
      Flambon aqui dins un instan !
Li gèn vièi n'amon pas lis invencioun nouvèlo;
Partagén pas soun ti; car gna que soun bèn bèlo;
Mesfisén nous, pamén, d'un art trop générous :
Li mouyèn tan isa soun souvèn dangérous.

LOU MIOOU PÂRVENGU.

FABLO.

Un mioòu que pèr état tiravo la carreto,
Qu'à l'estable souvèn légissié la gazeto,
Anfin changè de grupio, et capitè l'hounour
De pourta din Grénado un puissant mounsignour ;
Lou fouyé vèire alor trouta din la carrièro
Mé si pouli ruban floutén à sa crinièro,

      Et si coucardo su lou su !
Lou pu noble chivau èro pas pus coussu.
Cresè qu'acò d'aqui contentè la bestiasso ?
Oh ! que noun : per coumbla sa bénido vidasso,
Yè fouyé bèoucò mai que lou lusi doù péo,
Et l'hounour de pourta soun avesque, peréo.

      Sé diguè doun din sa tes'asso :
Sé poudièo brama fort que siéo de bono raço,
Co m'oubourayé mai, et la glori di miéo,
Di prix qu'ouyén gagna, régisclayé su yéo.
Per malhur, ma nissenço eis encaro un mistèri.
Quau pourrié deschifra moun doutous batistèri ?

      Chut ! counèisse un chin savèn
      De quau dison forço-bèn ;
      Me dira'cò sèn gis de fauto.

Subran yé vai la testo hauto.

— Bon jour, savèn chiché !

Tu que siès fin coume caché ;

Qne dison qu'as l'espri pounchu coum'un' alèno ;

Que li pus grand sécrè, li dévines sèn péno ;

Di me'n pôou quau èi l'oùtour

De ma vidasse et de mi jour !

Te pagarai en grand signour.

Moun paire, Bucèphalo, à la longo crinièro,

De ségur n'a jamai trouta dédin lis yèro.

Convène que moun sort a bèn de que flata

Ma vanita ;

Mai acò n'èi pas proun : fôou qu'emprunte à mon paire

Un lustre à l'avenèn ,

Qu'esbriaude li gèn.

Azor, per bèn pésa l'affaire,

S'assèto su soun quiéo, se bidausso long tèm,

Coume lis ancièn dévinaire ;

Et pièi yé di : siés pas countèn

D'estre ço que tu siès, té fôou de hau parèn ?

Hébèn ! noun te desplaze,

Puisque tu siès un miôou, toun paire èro qu'un aze.

LI CAMPANO.

CONTE.

A moun Ami P. ACHARD, Archivisto de la Préfecturo de Vau•luso.

Un courdounié célibatari,
Qu'èro un poou turto-bari,
Las de faire soun yé, d'escuma soun toupin,
Et de festa soulé soun patroun San Crespin,
Tout en cerquén 'na minagièro
Bono fialuso et courduièro,
A la fin s'enfustè de certaino Goutoun
Que venguè din sa man fringouya soun pétoun.
Aviè lou mourre fin, la tayo mignouneto,
Un pichô parla tentaréo;
Se faguèron dis yeu l'amistouso chameto,
Et pièi aprè vui jour d'inoucènto amoureto,

S'entrévèron où cier, de la luno de mèo.
Una vesprado, adoun, leissén toumba l'alèno,
      Lou courdounié se di : assa,
      Ei tout de bon que préne féno.....!
Lou mayage, ce qué, n'èi pa'n iame de sa.
Ame ben Goutouné, pamén una doutanço
      Me boumbounéjo sous li péo ;
S'anave counsulta ? S'envai trouva lou préo,
      Et su soun estiquanço
      Yé demando un counséo.
Sau trop bèn qu'en amour li counséo servon gaire,
Lou préo, per yana dire aqui soun avéjaire.
Eis un cas réserva, yé fai, despiéi long tèm,
Où dire di campano, et s'en acqui on bèn.
      Fiso te doun à sa sagesso !
A déman, quand Gaspard sounara la grand-messo,
      Escouto ce que te diran !
      Où bon camin te boutaran.
Lou paroissièn yé vai; escouto, ei tout oùrïo ;
      Où mai noste amourous chourïo,
      Où mai se crèi que tout de bon,
      La santo voix doù din, dan, bon,
      Yè di : Jan, marido té mé ta mïo !
      Marido té ! marido té !
      Fugues pas tan paté !
Soun doute èis esclargi : mé Goutoun se marido.
      Ei malhérous, que de la vido :
      Avié capita'n fumélan,
Que lou chin d'un armito èro pas pus fégnan.
Fasié tout jus soun bas ; dourmié su la fialouso :
Mai per li patricô n'èro pas vanélouso :
Quand èro pa'l'houstau, èro ségur où four ;

Yèro encaro à maissa, qu'aviè passa miéjour.

    Din soun minage, quu panoucho !

    De quitévié yavié'na coucho :

    Savié'scouba rèn qu'ou mitan.

Se n'en volon li ribo, hébèn ! s'aproucharan,

Fasié ; quant èis enfan, car n'avié'na gabiado ;

Li lèvavo dou yé qu'à vounje houro sounado !

    Eron jamai désengouti ;

    Toujou bouchar, mita vesti.

Pauro et gis de gouver, souvèn la courdounièro,

Per garni si faviòou, fasié suza l'uyèro.

Lou brave home avié bèo s'escupi din li man,

    Toujou tiravo l'ènso,

    Et quand perfé perdié patienço,

Gou oun yé respoundié : oh ! lou lai galiman !

Vè lou ! vè ! de què vòou, mè soun baqué di scienco

    Maniclo, siés que trop hérous

    D'avé Goutoun, marri pégous !

    De tu, vilain n'ai pas fa rire ;

Pode passa pertout, rés n'a rèn à me dire.

A la fin, lou bon Jan yé pôou plus tempouri ;

    Despoutenta, voudrié mouri.

    S'envai récita si pénasso

    Où préo de sa paroisso :

— Li campano, moussu, m'an bèn mau counsïa.

— Moun ami, per sègur, as pas ben choùrïa ;

Vai-t'en mai où clouchié ; vèiras que li campano

    T'avién parla sèn gis d'engano.

Tourno mai escouta l'ouracle dou matai.

L'a pas pus lèo oùsi, que crido : es bèn vérai :

    Méritayéo..... d'agué de bano !

    Ei bèn yéo que me siéo troumpa :

La campano dì bèn : Jan , te maridés pa !
    S'una fé , lou cor trignouléjo
    De l'himèn li galoï réfrin ,
    A l'unissoun tout campanéjo ,
    Chasquo campano ei tambourin ;
    Mai se pièi lou cor gingouléjo
    Din li rouméze d'où chagrin ,
    Touto campano alor plouréjo ,
Et toujou lou déforo ei l'écho doù dédin.

TABLO.

www.ingramcontent.com/pod-product-compliance
Lightning Source LLC
Chambersburg PA
CBHW061645180626
46818CB00003B/966